PETITS CONTES D'OR

Peter Pan

d'après J.M. Barrie

Raconté par Jérôme Pernoud

Illustrations de Francesc Rovira

Adaptation Sogemo

DEUX COQS D'OR

Il y a bien longtemps, vivaient à Londres deux frères et leur sœur. Ils s'aimaient et s'entendaient très bien. Wendy, qui était l'aînée, racontait tous les soirs de belles histoires à Jean et Michel, ses petits frères. Elle leur parlait souvent de Peter Pan, un enfant qui vivait dans un pays qui s'appelait Imagine, peuplé de fées, d'Indiens et où les enfants ne grandissaient pas.

Wendy ignorait que Peter Pan existait bel et bien. Il vint même une nuit à Londres, à la recherche de son ombre, accompagné de Clochette, une fée si petite qu'elle tenait facilement dans le creux de la main.

L'ombre de Peter Pan s'était faufilée par une fenêtre de la maison des trois enfants. Peter Pan la suivait. L'ombre était espiègle et ne restait pas en place, ce qui mit Peter Pan en colère. Il cria, réveillant évidemment Wendy, Jean et Michel. Il s'excusa et leur dit qui il était. Emerveillée de voir le héros de ses histoires, Wendy, pleine de bon sens, proposa à Peter Pan de coudre l'ombre à ses pieds.

- Si seulement tu savais raconter des histoires aussi bien que tu couds, dit Peter Pan.
- Oh, mais Wendy le fait très bien, s'exclamèrent Jean et Michel.

Peter Pan leur raconta alors qu'au pays d'Imagine, il y avait des enfants dont personne ne s'occupait. Personne n'entretenait leurs habits, personne ne les couchait le soir.

Wendy, qui avait très bon cœur, proposa tout de suite d'aller voir ces pauvres enfants. Ses frères, bien sûr, dirent qu'ils iraient avec elle.

– Bien, dit Peter Pan, en regardant son ombre qui venait d'être cousue à ses pieds. Venez avec moi. Vous savez voler ?

– Non, répondit Jean, on ne nous l'a pas encore appris.

Peter Pan, qui l'avait bien pensé, aspergea les trois enfants avec la poudre lumineuse de la fée Clochette. Les enfants se mirent aussitôt à flotter dans l'air.

– Maintenant, en direction d'Imagine ! dit Peter Pan.

Et tous les quatre, avec la minuscule Clochette, s'élancèrent par la fenêtre et volèrent par-dessus les toits de Londres.

Enthousiasmée par cette aventure, Wendy demanda à Peter Pan par où ils allaient passer.

– Nous survolerons la mer, puis au croisement du Rocher Magique, nous tournerons à gauche et continuerons tout droit jusqu'au lever du jour.

Ainsi fut fait. Le soleil n'était pas encore complètement levé lorsqu'ils arrivèrent au-dessus d'une île perdue au milieu de l'océan.

On apercevait dans l'île un lac et un campement d'Indiens. Un bateau de pirates, à l'aspect menaçant, naviguait sans arrêt autour de l'île.

Peter Pan expliqua à ses amis qu'il s'agissait du bateau du capitaine pirate Crochet. Il y a longtemps déjà, un crocodile avait dévoré la main droite du pirate ; depuis, il le suivait partout car il s'était juré de le croquer tout entier. Le capitaine Crochet l'aurait bien oublié, mais il ne pouvait pas car le crocodile avait aussi avalé un réveil et se déplaçait en faisant tictac, tictac.

La fée Clochette, de son côté, avait été voir les enfants dont avait parlé Peter Pan et qui habitaient près d'un lac. Comme elle était un peu jalouse de Wendy, elle leur dit :

– Regardez l'oiseau qui arrive ! Décochez-lui une flèche.

Les enfants virent, en effet, "l'oiseau" et tirèrent une flèche sur la pauvre Wendy qui tomba sur un tas d'herbes mouillées.

Peter Pan était furieux. Il gronda Clochette pour sa mauvaise action, mais la petite fée s'était déjà repentie en voyant les conséquences de sa bêtise. Heureusement, la flèche avait touché un bouton de la chemise de Wendy qui n'était que blessée. Peter Pan fit construire une cabane à l'endroit où était la petite fille qui ne devait pas bouger jusqu'à sa guérison.

Wendy, rapidement guérie, put quitter la cabane
pour aller s'occuper des enfants qui habitaient dans
une maison sous la terre. Elle leur racontait de
jolies histoires, soignait leurs habits et leur donnait
un baiser le soir en les couchant, restant avec eux
jusqu'à ce qu'ils aient pris les remèdes que Peter
Pan leur apportait.

Pourquoi les enfants vivent-ils dans une maison
souterraine, vous demandez-vous ?

C'est pour être à l'abri des Indiens.

Plusieurs jours passèrent ainsi. Tout le monde était très heureux, surtout le jour où Peter Pan sauva Tigresse, une princesse indienne sur le point d'être enlevée par le capitaine Crochet.

Les Indiens, pleins de reconnaissance, cessèrent de persécuter les enfants et devinrent leurs meilleurs amis.

Comme tout finit par arriver dans ce monde, un jour, enfin, les enfants furent prêts à retourner chez leurs parents. Ils n'en étaient pas enchantés, car Wendy avait été merveilleuse avec eux. Peter Pan leur expliqua qu'ils ne pouvaient pas continuer à habiter sous la terre et qu'il leur fallait rentrer chez eux.

Mais le capitaine Crochet veillait.

Il ne voulait pas manquer cette occasion
d'enlever les enfants pour les échanger ensuite
contre une forte rançon. Il inventa alors une ruse en
déguisant ses hommes en Indiens pour capturer les
enfants au fur et à mesure qu'ils sortaient de leur
cachette et les mettre dans des sacs. C'est ainsi
qu'en très peu de temps, tout le groupe d'enfants
ainsi que Wendy et ses frères se trouvèrent
prisonniers dans le bateau.

Qu'avait fait Peter Pan pendant ce temps?

Notre ami, qui dormait, ne s'était pas rendu compte que le capitaine Crochet était entré dans la maison souterraine et avait versé un poison mortel dans le pot à eau.

– Cette fois, tu seras vaincu, dit Crochet.

Mais non! Peter Pan ne courrait aucun danger. Lorsqu'il voulut boire de l'eau, Clochette lui prit le verre des mains, mais si maladroitement que tout son contenu se répandit sur elle et qu'elle ne put éviter d'en avaler un peu.

Peter Pan savait que la seule façon de sauver son amie était de demander aux enfants du monde entier de battre des mains en même temps.

Les applaudissements qui retentirent ainsi sur toute la terre furent si forts que Clochette sortit de son assoupissement. Elle était sauvée!

– Et maintenant, sauvons les enfants, dit Peter Pan en s'envolant, suivi de la petite fée.

Wendy était sur le pont, attachée au grand mât. Peter Pan arriva sur le bateau du côté de la proue et se glissa sous le bastingage jusqu'au capitaine Crochet. Il imita alors le bruit que faisait le crocodile, le jour où il avait tant effrayé Crochet.

– "Tictac, tictac", fit Peter Pan, comme s'il était le réveil que le crocodile avait avalé.

Le capitaine Crochet, en entendant ce bruit, perdit le contrôle de ses nerfs et pour se protéger se fit entourer par ses hommes.

– Cherchez cet horrible animal et liquidez-le, répétait-il, effrayé.

Peter Pan, profitant d'un moment d'inattention, monta sur le pont sans que personne ne le voie, de sorte que le capitaine Crochet fut surpris de le voir tout à coup devant lui.

– Libérez les enfants, lui ordonna Peter Pan.

– Ha, ha, s'esclaffa le pirate, tu as été si naïf pour tomber de toi-même dans mes griffes !

Commence alors une terrible lutte à mort entre Peter Pan et le Capitaine Crochet. Peter Pan qui s'est emparé d'un sabre d'abordage se lance contre son ennemi. Crochet, plus habile, répliqua avec de puissantes estocades. Tous deux se poursuivirent à travers tout le bateau. Les pirates encourageaient leur chef et on pouvait craindre que cela se passe mal pour Peter Pan s'il n'avait vu l'énorme gueule avec ses rangées de dents qui venait d'apparaître sur l'eau.

    – Attention, cria-t-il, le crocodile ! Mais Crochet ne regarda pas en bas.

    – Tu crois que je suis idiot ! Tu ne me tromperas pas avec ce truc !

    Et alors, le "tictac, tictac" que Crochet connaissait bien, résonna. Le pirate voulut se retourner mais il perdit pied et tomba juste dans la gueule ouverte du crocodile.

Pendant ce temps, Clochette avait détaché Wendy et tous les enfants enfermés dans la cale du bateau. Tous les enfants, commandés par l'intrépide Peter Pan, se lancèrent sur les pirates et les passèrent rapidement par-dessus bord.

C'est ainsi que l'île fut délivrée de ce danger et que les Indiens purent vivre en paix. Le moment des adieux arriva. Les enfants quittèrent l'île définitivement pour retourner chez leurs parents. Wendy, Jean et Michel volèrent jusqu'à leur maison à Londres.

– Nos parents se seront aperçus de notre absence, dit Jean.

– Pas du tout, lui répondit Peter Pan. Pour tout le monde, une seule nuit est passée, la nuit où je vous ai rencontrés et où Wendy m'a cousu mon ombre.

Déjà dans leur lit, Wendy et ses frères agitèrent les bras en disant adieu à Peter Pan et à Clochette.

– Je vous promets que nous reviendrons vous voir chaque année, leur cria Peter Pan.

Et il disparut dans le lointain, enveloppé dans la poudre de fée que répandait la gracieuse Clochette.

201455